国际大奖
小说

美国纽伯瑞儿童文学奖

森与海之家

〔美〕兰德尔·贾雷尔 著　　康华 译

人民文学出版社
PEOPLE'S LITERATURE PUBLISHING HOUSE

图书在版编目(CIP)数据

森与海之家 /（美）兰德尔·贾雷尔著 ；康华译.

北京 ：人民文学出版社，2025. -- (99 国际大奖小说).

ISBN 978-7-02-019168-0

Ⅰ. I712.84

中国国家版本馆 CIP 数据核字第 2025LX8820 号

责任编辑　卜艳冰　杨　芹

装帧设计　汪佳诗

出版发行　**人民文学出版社**

社　　址　**北京市朝内大街 166 号**

邮政编码　**100705**

印　　制　**上海盛通时代印刷有限公司**

经　　销　**全国新华书店等**

字　　数　**46 千字**

开　　本　**890 毫米×1240 毫米　1/32**

印　　张　**3.125**

版　　次　**2025 年 3 月北京第 1 版**

印　　次　**2025 年 3 月第 1 次印刷**

书　　号　**978-7-02-019168-0**

定　　价　**35.00 元**

如有印装质量问题，请与本社图书销售中心调换。电话：010 - 65233595

说说你喜欢什么吧。喜欢什么就能拥有什么——虽然这很难，但确实会发生。

目 录

001   1. 森林里的猎人

015   2. 海洋里的美人鱼

028   3. 猎人带回一个小宝宝

033   4. 家里的孩子

049   5. 家里的新成员

065   6. 小山猫和小熊崽带回家的小男孩

075   7. 小男孩

1.

森林里的猎人

　　很久很久以前，在森林与海洋相接的地方，孤零零地住着一个猎人。他的房子是用他亲手砍下的树建成的，房顶的木瓦片也是他一片一片劈成的，里面只有一个房间。靠海洋的那一面墙有个壁炉，用粉色、灰色、绿色的石头砌成——这些彩色石头是猎人从森林尽头的悬崖上，一块一块地抱回来的。在碎贝壳镶成的地面上，铺着鹿皮和海豹皮，床上铺着大黑熊的毛皮，床头上方的墙上挂着猎人的弓和箭。

　　猎人有一张褐色的大脸，头发和胡子呈淡黄色。他身上的衬衫和长裤，还有脚上穿的鞋，都是奶油色的鹿皮做成的；银灰色的外套也是皮的，是用一头山狮的皮做的；而雨雪天戴的帽子，则是海獭皮做的。壁炉上方悬挂着一个黄铜

猎号，海浪把遇难船只的残骸冲到了岸上，猎人从残骸里找到了这个宝贝。巨大的海浪时常把这些船的残骸冲上岸来。在四面的原木墙壁和木头椅上，猎人还刻了很多狐狸和海豹的图案，其中还有一只山猫和一头山狮。每当夜晚来临，猎人燃起壁炉里的火焰，房间顿时陷入了火焰的一半金光和一半暗影之中。燃烧的木头发出"毕毕剥剥"的爆裂声，将屋外海浪拍打海岸的声音都淹没了。

等到木头烧得只剩木炭，木炭烧得化作灰烬，猎人便会躺到床上去，盖着暖暖的熊皮，聆听屋外一波又一波的海浪声……海浪的声音是那么温柔，就像他的妈妈在轻轻唱歌。听着听着，猎人迷迷糊糊地睡着了，忘记了他那早已去世的爸爸和妈妈，以及一直孤独生活的漫长岁月。睡梦中，妈妈坐在床边轻轻地唱着歌，爸爸在壁炉前精心地修整着弓和箭。

春天，峭壁通往海滩的那片草地上，开满了乳白色和海蓝色的花朵。猎人看在眼里，觉得这样的景致美不胜收。遗憾的是，他回到家中，再美的景致也无人可诉说；若是他兴致勃勃地摘些花儿带回家，又该送给谁呢？每当傍晚来临，太阳划过遥远海岛幽蓝色的暗影，在大海的边缘坠落，那景象好似一个火红的世界就此消失。如此美景尽收眼底，可惜同样无人可诉说。

一个冬日的夜晚，猎人仰望猎户星座"腰带"和"佩剑"位置的星星，它们在天上泛着冷冷的光芒。突然，他看到一颗巨大的绿色流星从天空缓缓划过，心脏顿时狂跳起来，他大喊："看哪！看哪！"可是没有一个人与他共赏奇景。

一个夏日的晚上，他躺在床上，微风从敞开的窗户轻轻吹来，月光照在窗畔的地板上，那月光宛如白熊的皮毛般美丽。猎人陷入了沉思，片刻之后，他滑入了梦乡。梦里，他的妈妈在给他唱歌。突然他睁开了眼睛，人渐渐清醒了，而歌声依然在耳边回荡。猎人下了床，穿过草地，来到海边。潮汐已经退去。猎人走在温暖湿润的沙滩上，温软的海浪吻向他的双脚，又"哗啦"一声轻轻退去。海浪卷起小小的扇贝状的泡沫，宛若鱼的鳞片一样。

从远方海豹岩的阴影下面，传来柔和的歌声，像是女子在唱歌，似乎还有歌词，可惜每一个字猎人都不曾听过。

这首歌与猎人听过的任何一首歌都不一样。他倾听了很久。曲子以一个长长的低音结束，之后，一切重归寂静，耳畔只有大海的声音，只有银色浪花浅唱低吟，似乎在发出"嘘——"的声音，静默片刻，再一次说："嘘——"

猎人向歌者呼喊，岩石的阴影后面却传来攀爬的声响，随之是"扑通"一声。海豹入水时总是发出这样的声音。猎人抬手远眺岩石阴影处的月光，可他什么都没有看到，也什么都没有听到。过了一会儿，猎人回家了。

第二天晚上，歌声再次响起，猎人寻声来到岸边。他侧耳聆听，直到歌声结束，他才轻声呼唤歌者。和那天晚上一样，猎人一喊，歌者就跳进了水中。不过这一次，当猎人凝视着石头周围的月光时，一个光溜溜、湿漉漉的脑袋浮出了水面，闪闪发光的眼睛盯着猎人，一会儿之后就沉入水中，消失不见了。猎人此前从来没有见过这样的画面。那闪亮的长发和泛着银光的蓝绿色肌肤，仿若投在海面的月光。猎人转身回家，脚步踏过岸上的沙石和地上的草，嘴里一遍遍哼着美人鱼吟唱的曲末的音符。

接下来的日子里，猎人不管在干什么，都会哼唱这首美人鱼唱过的歌。有时忘记该怎么唱了，他就害怕自己再也想不起来，但幸好，那些旋律总会再次回到记忆里。一天晚上，待月亮升起时，猎人走向海滩，坐在水畔开始唱歌。他唱啊唱，一首接一首，把自己会的歌都唱了出来。每唱完一首自己的歌，他都会再唱一遍脑海里的美人鱼之歌。唱歌的时候，他一直朝海豹岩那边张望，美人鱼却踪影全无。过了一会儿，猎人再次张望，但见海面上泛起了一道白色的波纹，一个湿漉漉的脑袋浮出了水面。

猎人慢慢将脸转向一旁——他担心自己吓到美人鱼，但是他的歌声没有停止，快唱完的时候，猎人慢慢把脸转过去一点儿，再转过去一点儿，最后，他眼角一瞟，看到美人鱼在向他靠近。月亮的清辉洒在她的头发和湿漉漉的肩膀上。

猎人拿眼睛斜斜地望向美人鱼。他开始给她唱她唱过的歌。快唱完的时候，猎人在末尾那个音符前停住了。片刻的沉寂过后，猎人听到一声轻笑，美人鱼把剩下的音符唱了出来。不等猎人开口说话或是动弹一下，美人鱼就消失了。她的脑袋和肩膀"哧溜"一下滑入水里，前一分钟

还在水面，下一分钟就不见了，悄无声息，水面上连一丝涟漪都不曾泛起。

由于长期狩猎，猎人已变得如动物一般很有耐心。他在岸上等了很久才起身回家。美人鱼的离去并没有令他失望，他确信她还会回来。他一直记得美人鱼的笑声，记得她最后唱出的音符。快要睡着的那一刻，他难以确定自己是否还记得那些音符，甚至连是否听过那些音符也变得记忆模糊，但他非常确信：她会回来的。猎人很快睡熟了，无所思，无所梦，笑容却挂在了脸上。

第二天夜晚，美人鱼又出现了，之后的几个夜晚她一直都在。现在，她向猎人靠近了一些，竟然游到了浅水区——水的深度连胸口都不到。美人鱼开口跟猎人说话了，用她那水一般的声音跟猎人说话——在猎人听来，她的声音的确与水声无异，她吐出的每一个字都跟猎人的不一样。

他们开始互相教对方说话。美人鱼摸着自己的脑袋，不停地重复相同的词语，直到猎人记住为止。猎人则拍着自己的腿说："腿！腿！"从美人鱼的表情看，长腿是件古怪的事，说出这个字也显得古怪，尽管如此，她还是用她柔波般的声音念出了"腿"这个字。

美人鱼学猎人的语言要比猎人学她的语言发音更好，她记他的字词也比猎人记她的字词更多。很快，这种互相学习演变成了这样一种场景：猎人笨拙而又可怜巴巴地学着，就像是学习一样东西学得太晚了；她学他的话，则像一位老练的魔术师学一个新戏法，而这个新戏法太简单，几乎不用费什么力气。猎人颇为茫然，说道："你一个字都没有说错。"

"什么是错？"

"错的字，错的发音。你不会犯错，我会犯错。我想学你说话的时候，我就会说错。"

美人鱼用满意的声音重复道："错。"她又学会了一个字。

美人鱼告诉猎人，那些和她一样生活在海里的人鱼以前都会来海豹岩，现在，因为猎人每天晚上都坐在岸边，他们才不来了。美人鱼说："大海——"她想不起下面的字就住口了。过了一会儿，她接着说："你是一个人？那么两个、三个人怎么说？"

"人们。"

"大海的人们，像我一样……"

"海民。"

"像我这样的海民害怕陆地。但我不怕，噢，我不怕。他们觉得我……"美人鱼停顿了一下，然后不无得意地说，"犯错了，犯了很大的错。他们说，一切都来自大海。"她用手拍打着海水，动作中透出欢快和不屑。

"你为什么不那么想？"

美人鱼马上回答了猎人原因何在。她用的是自己的语言，而不是猎人教她的。猎人听了哈哈大笑，美人鱼也哈哈大笑。她重新搜寻猎人语言里的合适词语，鼻子和额头都急得皱了起来，但是那些合适的词语没有出现。她说："噢，好吧。"每当她不知道该说什么或者该怎么说的时候，她都会爽朗地说："噢，好吧！"猎人不记得教她这么说过，可她的确会用。

第二天晚上，答案有了。她先说出的是这句话："陆地是新的。"猎人迷惑地看着她。她飞快地说："他们说，一切都来自大海。陆地是新的。陆地……"说到此处，她又开始说自己的语言，随后才焦急地问："比如你有腿，我没有腿；月亮是白色的，天空是黑色的，该怎么说？"

"不一样？"

"不一样！不一样！陆地不一样。"

陆地上与海洋里是那么不一样。有时候，美人鱼花几秒钟学会说一个字，猎人却要费半个小时给她解释意思，也不一定能让她理解。一天，美人鱼大白天出现在海滩。当时，猎人的手指向陆地，越过草地指向远处，用老师上课时想要阐明所讲内容的那种语调一字一顿地说道："那是我的房子。"

"房子，"美人鱼嘴里发出"嘶嘶"的声音，"房子。"

"我在房子里睡觉，睡在床上；我在房子里吃饭，在桌子旁吃。"

"床，"美人鱼说，"桌子。"她灵动的眼睛里流露出紧张和犹疑的神情。显然，她不明白猎人说的是什么。

猎人愉快地解释道："桌子是平的，大大的，还有腿。"美人鱼的眼睛一亮，她知道腿是什么。她为自己嗅到了点儿陆地的熟悉气息而愉快起来，马上接着说："你坐在桌子

上吃饭。可你为什么要坐在桌子上吃饭呢?"

"不,人不上桌子,吃的东西放到桌子上。"

"为什么?"

"嗯,不然得用手拿着。"

"你不想用手拿吗?"

猎人又说:"除了桌子,还有床,床也是平的,大大的……"

"噢,是的,像桌子一样。"

"不那么像桌子。看到那根木头了吗?床是用木头做的。床上铺着熊皮。人就睡在熊皮里面。"

美人鱼打量那块木头,发现它是中空的。于是,美人鱼的眼前出现了这样的画面:拿起木头,在里面铺一圈熊皮,然后钻进去睡觉。"啊,原来如此。我明白床是什么样的了。"美人鱼说。

"床和桌子都在房子里。房子又大又空……"

"像床那样空。"

"不,床不空。"

"啊?我又不明白床是什么样的了。"

"我们等会儿再说床。房子是木头造的，你看它多大啊。到了夜晚，人就待在房子里，下雨的时候人也待在里面。"

"为什么？"

"不淋雨啊。"

"不淋雨？"无法理解的美人鱼绝望了。

猎人突然有了主意。"房子像船一样。"他大叫道，"比起随处睡觉，你在礁石旁边那条破船里游泳、睡觉，不是更好吗？下雨的时候你也可以待在船里。"

美人鱼惊讶极了，惊讶归惊讶，她的声音依旧柔和："这是我一辈子听到的最古怪的事了。你搞错了，你一定搞错了。"

以往，不管猎人做什么、说什么，在美人鱼听来，无不散发出陆地独有的魔力。猎人为她射箭的时候，她满怀欢喜，会伸出手触摸黑色的弓弦、白色带羽毛的箭矢。有一次，她从一块浮木上拔出河对岸射过来的箭时，钦佩极了，说："我看你什么动物都能杀死。"一天，猎人正稳坐海边钓鱼，美人鱼游过来问："你在干什么？"她的声音既欢喜又迷惑，似乎对一切都充满好奇。

"钓鱼。"

美人鱼更迷惑了。猎人解释了几句。美人鱼不可置信地望着猎人，突然迸发出一阵大笑。"你笑什么呀？"猎人问。

"这样抓鱼，真的是——太麻烦了。"

"不然我该怎样抓？跟在鱼后面游，然后张嘴咬一条？"

"大家都那样抓啊，只有你不是的。你太没用了，只会坐在那里等鱼来。告诉我你想要什么鱼，我去给你抓来。"

有那么一会儿，猎人感觉自己像个丢脸的孩子。过了不久，他又笑起来。他告诉了美人鱼他想要什么鱼。美人鱼果然给他抓了一条回来。第二天，猎人带给美人鱼一块鹿肉，她咬了一口就扔掉了。第三天，猎人又给美人鱼带来一把红色的枫叶。美人鱼看着枫叶，好像不敢相信自己的眼睛似的，手捧枫叶抚摸着，深情地说："这是我一辈子见过的最好的东西。你住在陆地上，太幸运了。陆地是那么……那么……"

连续几天，美人鱼都想不出恰当的词语，只能甩出那句口头禅："噢，好吧！"

眼下，猎人和美人鱼几乎天天在一起。他的房子现在

只是夜里睡个觉的地方。即便去打猎，也只是为了获取一两餐的食物。美人鱼已经习惯了那片草地。他们坐在黄褐色的秋草上，俯视着与陆地遥遥相望的那块海豹岩。美人鱼不无得意地说："我离开大海一百五十步了——是你的一百五十步啊。"

"海民来过这么远的地方吗？"

"他们？一个都没来过。如果他们现在看到我在这里，他们会说……"她笑出声来，用从猎人那里学到的语言说，"看你犯了怎样的错！噢，看你犯了怎样的错！"

不管错没错，美人鱼在那个秋天，走进了有床、有桌子的房子里。从那时起，海民就把她视为来自陆地的游客了。而陆地，是"那么——那么——"，管它是什么样子的呢。

2.

海洋里的美人鱼

　　和美人鱼生活了一段日子后，猎人忘记了独居的过去。每天晚上，美人鱼都睡在他的身边。由于她在冷水里待惯了，所以她睡在熊皮上面，而不是下面。床上的熊皮也好，地板上的鹿皮、海豹皮也罢，都不及海水柔滑，要知道，她以前无论醒时还是梦里都置身于水中。她的手指哪怕是从最柔软的皮毛上滑过，她都会皱起鼻子说："可真粗糙啊。"她最渴望的是一张会摇晃的床。"床一动不动的。"她失望地说。猎人给她做了把椅子，看上去像笨重的矮桌子，下面装了两个摇杆。美人鱼喜欢坐在这把椅子上前后晃动，眼睛凝视着壁炉里的火光。

　　美人鱼喜欢火。第一次见到火的时候，她就"噢，噢"地感叹着向壁炉走了过去，想伸手抓起一块通红的木炭。

猎人连忙跑过去把她拉开了。但她不能体会到底什么是火，猎人只好抓着她的手靠近火焰，在烧伤前才撤离。直到那一刻美人鱼才明白猎人为什么要拉开她。手炙烤得痛了，她把手指放进嘴里，用舌头舔来舔去，然后又抽出来打量一番，脸上露出迷惑不解的表情。她说："我从来不知道还有这种东西……噢，我碰到过一次！我摸到过一条奇怪的鳗鱼，就像碰到火一样。"

她指着木炭，笑着说："我还以为是红色的贝壳，这可真是我见过的最漂亮的'贝壳'。我本来还想把它挂到墙上呢。"海底的植物大多数是褐色或绿色，只有鱼和贝壳的颜色鲜亮。美人鱼夸赞什么东西漂亮的时候，喜欢说："像贝壳一样。"当她第一次在春天的早晨看到草地上的鲜花时，她喊道："看，看，草地上都是贝壳！"她喜欢花，当小鸟在初春时节"啾啾"鸣唱时，她说听上去像花儿开放。"鸥鸟不唱歌，他们——嗷嗷叫。"美人鱼这样告诉猎人。她为什么要这么说？因为有一天夜晚，猎人告诉她，狐狸的叫声是"嗷嗷嗷"。

"有一次，我游到海滩的时候听到了鸟叫，和森林里的鸟叫声一样。我只听到过那一次。"美人鱼说。现在，当她听到鸟儿鸣唱的时候，她会跟着低声哼唱，声音低得几乎听不真切。

美人鱼喜爱火，但所有用火烹饪的食物她都讨厌。除了生鱼，她什么都不吃。生鱼都是她从海里抓来的。（碰到特别鲜美的鱼，她忍不住想让猎人尝一口。她会说："不用火烧熟的鱼非常好吃。"）每当猎人出去打猎而火上又炖着食物时，把饭锅从火上端下来的重任就落到了美人鱼的身上。她永远都搞不清楚应该什么时候把饭锅端下来，让她办这件事的后果是——肉要么没煮烂，要么煮得稀烂。除非瞎猫撞上死耗子，否则她从来都把握不准火候。碰巧哪天煮得刚刚好，猎人就笑着夸她："你烧的菜跟我妈妈烧的一样好吃。"猎人怎么能指望美人鱼会做家务呢？假如，你拥有一只可以聊天的海豹，你哪里会舍得让他拖地板呢？

美人鱼会给猎人带回贝壳、海星、海马，还有一些从海底失事的船舶里找到的东西。有时候，美人鱼带回来新的宝贝，会盯着旧东西看上一个小时，然后把宝贝们重新摆弄一遍。有一次，她把给猎人带回来的东西藏在手心里，

让猎人闭上眼睛，用手里的宝贝套上他的头，再让宝贝滑过他的头发和胡子，一直滑到脖子里。完成这一系列动作后，美人鱼说："好啦，睁开眼睛吧。"

猎人睁开了眼睛。他低头一看，胸口是一串彩色石头，有金色的、绿色的、蓝色的，原来是条项链。猎人吃惊极了，差点儿说出"男人不戴项链"的话来。他没有这么说，反而亲吻了美人鱼。他用手不停地转动着项链，告诉美人鱼，这是他得到的最好的礼物。美人鱼高兴地说："大海里面什么都能找到。虽然船在我们头上行驶，但最终会沉入海底，到头来所有东西都归我们。"

美人鱼带回家的最好的宝物是一幅装饰船头的画像。他们把它挂在了房门上方。最初这个宝贝上覆满了藤壶、蛤仔、贻贝，他们把这些东西一一刮去，于是，一幅画像赫然在目。那是一个女子的画像，画中的她头发金黄，腰肢纤细，十指相扣于脑后。她的脖子上挂着一串项链，装点着朵朵蓝色的小花，她的大腿上缠绕着花环，上面是一簇簇大大的花朵。可是她的腿脚并不是人类女子的，而是鹿或山羊的，纤细多毛，还长着尖尖的蹄子。她的双腿在脚踝处交叉起来，似乎头顶的第一斜桅对她来说毫无分量。她的面庞呈玫瑰色，好像船只乘风航行时，烈风吹红了她的脸颊。她那对蓝色的眼睛越过大海，凝视着远方。

比起被火烹饪过的食物，甜食更让美人鱼痛恨。有一次，猎人劝她吃个浆果，她先是试探着闻了闻，然后才把浆果放进嘴巴，可是马上就"呸"的一声吐了出来。她朝猎人大喊大叫："太难吃了！太难吃了！黏糊糊的！这么难吃你也吃得下？"

美人鱼说最难吃的是蜂蜜。"吃起来跟浆果差不多，但蜂蜜会让人窒息。我活这么大，从来没吃过那么可怕的东西。"她一直喝咸咸的海水，尝了尝猎人喝的淡水后，说道，"水的味道是不浓，可是你的水一点儿味道也没有。"

从大海回家的必经之路上有一块草地，美人鱼每过一次都留下一道痕迹，尾巴下的花花草草无一幸免。她会在自己压倒的花草旁边逗留片刻，闻闻那些花草散发的清香。美人鱼身上散发出浓烈的咸味，恰似一道海浪打来的时候，喷洒在脸上的浪花的味道。她蓝色的眼睛和蓝绿色的肌肤闪闪发光，而当她展颜一笑，那一嘴的牙齿就像泡沫般

雪白。

起初，她以为猎人的衣服是他身体的一部分，惊讶地说："我还以为你是灰褐色的呢，原来你是白色的。"很长一段时间，每当猎人脱下衣服的时候，美人鱼都哈哈大笑，好像猎人在跟她变戏法，既神奇又好笑。于是猎人只好跟她解释衣服多么有用、多么美丽。美人鱼听归听，笑意却在脸上漾起——是那种常见的既好奇又怀疑的笑。她本想相信猎人的话，可是这实在超出了她的理解范围——海里的海民个个都赤身裸体，她唯独只见猎人穿衣服。

不管天气多么寒冷，美人鱼都不穿衣服。有时候，她会在手腕上缠一圈红狐毛皮当手环。有一次，她站在海豹岩上，头戴海草编的花环，猎人看到这一幕，就用桃金娘木给她雕了一个花环，上面的叶子和果实几乎可以乱真。用晚餐的时候，美人鱼有时会戴一戴。

每逢下雨天，猎人就会待在家里。他或者雕刻点儿什么，或者磨一磨斧头，制作几个箭矢，再不就做做家务，或者和美人鱼玩玩游戏，只有这样他才不会感觉无聊。美人鱼搞不懂为什么一到下雨天，猎人就待在家里不出去了——下不下雨对她而言没有任何不同。一天，猎人淋了一场大雨后才回到家，美人鱼摸着他湿漉漉的皮衬衫说："都怪你穿了衣服。雨一淋，衣服又冷又重。要是不穿衣服，你就不会在乎下不下雨了。"美人鱼也无法理解猎人为什么会感到无聊。"如果一件事做腻了，嗯，你可以做别的事。可是，你为什么非得干点儿什么呢？"

美人鱼喜欢蜷着身子临窗而坐。房子有扇很大的窗户，是玻璃和木头做的，来自一艘沉船。座椅摆放在靠窗的地方，上面铺满了皮毛。美人鱼喜欢坐在椅子上眺望大海，打打瞌睡，就那么待着。她从来不觉得有什么话非说不可。她就那么坐着一动不动，好几个钟头都不说话。只有在猎人说话的时候，她才做出回应，一开口就声音活泼，仿佛她一直都在说个不停。有时候她什么都不说，什么也不做。猎人备受煎熬，问美人鱼："你在想什么？"美人鱼有时候会回答两句，但通常她会神色冷淡地微微皱起鼻子，回复他一句自己的口头禅："噢，好吧。"——她的这个动作相当于别人的耸耸肩。

他们一起下跳棋，玩挑棒游戏，玩将圆环扔到木桩上

的类似掷马蹄铁的游戏——美人鱼难得丢不中，于是他们就放弃了这个扔圆环的游戏。投二十次或者三十次，只有偶尔一次圆环从木桩上弹开，每当这时，美人鱼就会一边哈哈大笑，一边困惑地说："没丢中，真搞不懂，我竟然没丢中。"

不管出什么岔子，美人鱼都会欢乐地笑，因为她觉得很有趣。有一次，她想把猎号和贝壳换个地方，不料一失手，把猎号磕出了凹坑，贝壳还摔裂了两个。美人鱼吓得都喘不过气了，可是等那口气一上来，马上哈哈大笑起来。那几乎是猎人唯一一次见到她喘不过气来的样子。她像鲸鱼和海豚一样，可以屏息半个小时——她为了逗猎人开心这么做过，还用手指着紧闭的嘴巴和收缩的鼻孔。她可以像海豹那样在任何物体上面保持平衡，还能大玩各种杂耍。

不久，美人鱼学习猎人的语言已经到了炉火纯青的地步，后来她都能用这门语言思考了。（在水里除外。她说："一沾到水，我就会像以前那样考虑事情。"）她也教给猎人不少自己的语言，可是猎人学得很吃力。美人鱼讲自己的语言时，仿佛水流在石头缝里淙淙流淌。不管她说什么，听上去都是这种感觉：她说的是猎人的语言，语调却是来自大海的。

万一哪天猎人掉到海里怎么办？于是，美人鱼教猎人海豚和海豹的语言。"救命啊！救我上岸啊！"用海豚音喊出这句话，是猎人一辈子做过的最难的事了。猎人气愤地说："这样说话得用上颚和鼻音。声音那么高，我都听不到自己在说什么。"

"对！对！"美人鱼说，"你现在终于弄明白怎么发音了。"

美人鱼喜欢海豚，看不起海豹。她告诉猎人："海豚的语言和海民的一样丰富，但海豚的大部分语言对我们来说音调太高，我们发不出来。海豹的语言不复杂，很容易学，一个星期你就能全部学会。"

猎人跟美人鱼讲了自己爸爸妈妈的故事，讲他们一家三口一起度过的岁月。（这些年，猎人一直保存着一块薄薄的方形蕾丝，那是他妈妈的手帕。在猎人和美人鱼眼里，这块手帕可是一个珍宝。"手帕上怎么会有那么多小洞啊？"美人鱼问道。猎人也不知道是怎么回事。）猎人一家曾经过着怎样的生活？美人鱼拼命想象他们过去一起生活的情景，

但是很难想象出来。她说："除了淹死的人，你是我唯一见过的人类。"听美人鱼这么说，猎人就用胡桃木刻了爸爸妈妈的雕像。美人鱼看到猎人妈妈穿着长裙，说道："哎呀，她长得像我。"看到猎人爸爸的雕像，美人鱼大笑不止。"你不必刻你爸爸。"她说。猎人不明白她这话什么意思，也搞不懂美人鱼为什么笑个没完没了。他看着美人鱼，掩饰不住内心的失望和不安。美人鱼亲了亲猎人，说："你爸爸跟你长得一模一样，你们两个就像一个模子刻出来的，一模一样！"

美人鱼会给猎人讲海民的故事，猎人则给美人鱼讲从妈妈那里听来的童话故事。听着他的嘴里吐出童谣，美人鱼像被人挠痒痒了一样哈哈大笑。（她最喜欢有人挠她痒痒。）"我也喜欢这样念，告诉我怎么才能跟你念得一样啊。"

过了一会儿，她就记住了这首童谣。有时候，在暴风雨的日子里，猎人忙着手头的事情，偶然抬起头会听见美人鱼在说什么。美人鱼横卧窗前，眼睛望着窗外的海浪，嘴里柔声念道：

滴滴答答钟声响

老鼠爬到钟面上

　　不管是什么勾起了猎人对爸爸妈妈的想念，只要一陷入思亲之情，他就恨不得爸爸和妈妈双双醒转过来。美人鱼也会对猎人讲自己的童年故事，讲她的家人——她死去的妹妹——她似乎从来没想过让妹妹重新复活。猎人对此大惑不解，问道："你不希望你的妹妹还活着吗？"

　　美人鱼回答道："她以前活过了呀，你为什么想让她现在还活着？"猎人记得他从来没有见过美人鱼哭。想到这一点，猎人的声音不由得微微发抖："美人鱼会不会哭？"

　　美人鱼只害怕两种生物，那就是大鲨鱼和杀人鲸。"只要被他们抓住，我们就会被吃掉。"她告诉猎人。即便是这种害怕，她也显得平淡而无所谓。她说，没有一个海民会纠结这种事，或者去痛恨鲨鱼和杀人鲸。"为什么要恨他们？他们吃掉我们，正如我们吃掉别的鱼。别的鱼也不恨我们——我们不饿的时候，他们会贴近我们游来游去；我们饿了，他们就会尽快从我们身边逃开。所有生物都依赖别的生物生存。"

最初，美人鱼返回大海看望家人时会说"我要回家"，渐渐地，她把跟猎人一起生活的地方叫作家了。从大海归来的第一天，美人鱼躺在窗边座椅上来回变换坐姿，她摇摇头，脸上露出困惑的表情。她告诉猎人："大海里所有东西都在动，回到这个一动不动的地方，看上去什么都不摇来晃去，我倒是觉得头晕了。我静不下来啦。"

没过多久她就笑了，说："我跟他们说家是什么样的，他们都不相信。他们不相信我们有火——我怎么跟他们解释，他们都不相信世界上有火。我给他们演示火光是怎么在夜晚照亮我们窗户的，可他们认为，火就像夏天亮闪闪的海浪，或是天上亮晶晶的星星。"

猎人与美人鱼彼此是那么不同，最终看上去又如此相像。他们生活在一起，快快乐乐。

3.

猎人带回一个小宝宝

猎人和美人鱼在一起生活了很久，不知从何时开始，他反复做同一个梦。到了早上，他总是面带愁容地对美人鱼说："我又做梦了。"

"可怜的人。"美人鱼回答道。

"还是那个梦，"猎人说着，目光投向半空，仿佛那个梦他仍然看得到，"我爸爸站在壁炉边，他好像是两个人——一个影子站在他身后——而我，就是那个影子。我妈妈坐在那儿唱歌，仿佛也是两个人，一个影子坐在她的身边——我细细一看，那个影子是你。可是，当我走到壁炉旁边——我以前很喜欢躺在那里的地板上——想看得更清楚时，那里什么也没有，连影子也消失了。只留下空荡荡的一团黑暗。然后火熄灭了，我醒了。"

森与海之家

"这个梦真让人难过。"美人鱼说着，皱了皱眉头。

猎人说："但愿以后我再也不做这个梦了。"然而，每隔几个礼拜，他还是会再次梦见它。最后，美人鱼对猎人说："我知道你的梦是什么意思——你想要个小男孩，可以和我们一起生活。所以，你总是变成你爸爸的影子，而我就是你妈妈的影子。至于那个小男孩，就是过去的你——一切都将成为过去的那个样子。"

猎人沉思了一会儿，然后点了点头。他觉得美人鱼说得不错，可那又能怎样呢？他们没有孩子，也没法从别的人类那里要一个，或者借一个、偷一个。周围根本没有人类。

一天，猎人外出打猎，太阳下山了还没有回家——天越来越晚，天色也越来越暗，他仍然没有回来。美人鱼只好走出家门，朝森林和群山的方向张望。可她什么也看不见。开始下雨了，豆大的雨点敲打着屋顶和窗户。狂风在屋子周围的林子里呼啸，但最终风将雨和云吹到了海上。星星出来了，漆黑的夜里弥漫着潮湿的气息，四下静悄悄的，只听得到海浪的声音。美人鱼躺在靠窗的椅子上迷迷糊糊快睡着了，突然响起了一阵脚步声。门开了，猎人步

履蹒跚地走了进来，怀里抱着个东西。他笑着对美人鱼说："我们有男孩啦！"

"天啦！到底发生了什么事？"美人鱼大叫起来。猎人的半边脸上裂开了三道长长的口子，鲜血一直往外冒，滴落在他裸露着的湿漉漉的肩膀上；他的后背和胸膛也全是这样可怕的抓痕。在他的臂弯里，被雨淋湿的鹿皮衬衫里包裹着什么东西，正拼命想要挣脱出来，一巴掌打在了猎人的脸上，嘴里还发出痛苦而又气愤的声音，听上去既是悲鸣又是咆哮。美人鱼定睛一看，只见是一个毛茸茸的褐色脑袋，还长着长长的牙齿和一对亮晶晶的眼睛。原来是一只小熊崽。

"要不是我射出去一箭，我就永远不可能回来见你啦。"猎人说道，"天渐渐黑下来的时候，我穿过长满浆果的灌木丛，忽然听到熊妈妈呼唤小熊崽的声音。不等我再跨出两步，熊妈妈就扑到了我的身上——因为我闯入了她和她的小熊崽之间。

"我就这么近距离射出了一箭，箭穿透了她的半个身子。可她还是死死地抱住我，我没法逃，甚至没处躲，她的爪子挥向了这里……"猎人说着摸了摸脸颊，"她依然紧紧地抱住我，我感觉我的背都快断了。于是，我反手从身后给了她一刀，而她一口咬在了我的左胳膊上，我甚至听得到她的牙齿穿透皮革的声音。她将我甩来甩去，就像大人甩小孩。我心想，完蛋了，我死定了。突然熊妈妈浑身瘫软，倒在我的身上一动不动了。好一会儿，我丝毫动弹不得，只好躺在地上。看她把我咬的。"猎人伸出左臂——他的右手仍然抱着裹在衬衫中的小熊崽——左臂从手腕到手肘，都是熊咬的牙印，血淋淋的。

猎人把那团皮革衬衫连同小熊崽一起丢到床上的熊皮里。正当美人鱼帮猎人清洗面颊、手臂和肩膀的时候，小熊崽从衬衫里挣脱出来，爬到了床最里面的角落里，对着他们一遍又一遍地咆哮。猎人说："当时，这只小熊崽在一棵树上，如果他再大一个月，我绝对没法把他弄下来。噢，一路上很难搞定他，他不停地扭来扭去，咬个不停。"

等到猎人穿好衣服、擦干自己，他们这才坐下来吃晚饭。他们一边吃一边笑，都觉得这一天快乐得像过节。闻到食物的香味，小熊崽从角落里爬出来，尝试着来到了熊

皮的中间。猎人扔过去一块肉，小熊崽咆哮着朝后退，然后又慢慢地接近肉块，用爪子拍了拍，再一口叼住肉块甩几下。待他将肉块吞下之后，美人鱼又扔了一块给他，接着又是一块。后来，美人鱼将肉放在手心里朝他慢慢伸出去，小熊崽来到床边，嘴巴凑了过来。猎人平静地笑道："过不了几天，他就会坐上餐桌吃饭啦。"

那天晚上，他们把鹿皮和海豹皮铺到了床上，小熊崽就睡在熊皮上，蜷在角落里。他时不时会醒过来，嚎叫一阵，然后把脸深深地埋进熊皮里，缩在角落里继续睡觉。两天后，当猎人和美人鱼吃饭时，小熊崽就坐到餐桌旁的地板上，和他们一起用餐。一个礼拜之后，看那场景，仿佛他一直都是和他们生活在一起的。

4.

家里的孩子

　　这只小熊崽的湿鼻头总是冰冰的、亮亮的，不管遇见什么东西，他都要把小鼻子凑过去嗅一嗅。他还长着一身漂亮的皮毛，不是黑色的，而是柔和的深棕色，比床上那张熊皮的毛还要浓密、闪亮。他的四只小脚掌粉嫩得就像人类的掌心，每一只上面长着五个小小的灰蓝色的坚硬爪子。他有一根钟爱的木头，老喜欢在上面磨爪子。美人鱼经常抚摸着那些深深的划痕，感叹他们宠爱的小熊崽竟然有如此锋利的尖爪。猎人似乎对美人鱼比以前更温柔了。有一次，美人鱼摸着猎人那刀片般锋利的箭头，对猎人说："长着这样尖利的东西，可真是奇怪呀。"

　　猎人咧嘴一笑，露出一口雪白的牙齿："我想我们都有这样的东西。"

"你说得对。"美人鱼也龇着牙说。

小熊崽非常喜欢猎人和美人鱼的爱抚，甚至连推他、打他、把他当皮球滚来滚去，也都很享受——仿佛在说"再来啊，这都伤不了我"。当小熊崽端坐在地上，猎人和美人鱼就会轻轻地抛给他一个皮球，他会用嘴接住，或者用爪子拍打，追着球玩。他坐起来讨要东西的样子特别可爱，他还可以用两条后腿直立行走，几乎和四条腿走得一样好。当他直立着穿过房间，去拿桌子上东西的时候，活像一个披着熊皮的小男孩。

可惜这样的光景并不长久。小熊崽长得太快了，快得让猎人和美人鱼都不敢相信自己的眼睛。到了秋天大雁南飞的时候，猎人几乎抱不动他了。小熊崽长得这么快一点儿都不奇怪，因为，无论猎人和美人鱼给他什么，无论他在草地上、森林里、海滩边碰到什么，他都往嘴巴里塞。美人鱼说："天啦，你要是把他的椅子放到他的碗里，他也会吃掉的。"树林里的林鼠，草丛里的野鼠，草地上的各种草、各种花、各种根、各种果、各种籽、各种蠕虫、各种甲虫、各种昆虫的卵，以及数不清的黑莓、蓝莓、覆盆子、

野葡萄，知名和不知名的蛤、蚌、蟹、蜂、蝶，还有猎人和美人鱼喂他吃的所有鱼、所有肉，他全部吞了下去。

在餐桌边，他们专门为他设了一个位置，还准备了一个碗和一把跟美人鱼的差不多的小椅子，只是不能摇。（起初，他们把小熊崽的水碗也摆到了桌子上，可是总被他打翻，所以他们只好把水碗放到了墙角里。）小熊崽的餐桌礼仪可不怎么好，美人鱼的也不怎么样——尤其当她忍不住想扔鱼肉给小熊崽吃的时候。一口叼住飞来的肉，绝对是小熊崽的拿手好戏。只见他猛一抬头，嘴巴张得圆圆的，一张一闭间，肉块就到嘴巴里了，动作又快又准。若非亲眼所见，你根本不敢相信，不用碗吃饭的小熊崽，竟然是这副吃相。

说实话，这一家人都是怎么高兴怎么吃，就连猎人也不例外。他用刀子切下一大块肉，塞进嘴里大嚼特嚼，然后一口咽下去，同时还嘟嘟囔囔地说个不停。他早已经忘记爸爸妈妈吃饭的样子，也不记得他们教的用餐礼仪了。

小熊崽理所当然不用餐巾。猎人和美人鱼也不用，他们都是拿袖子擦嘴巴。袖子就袖子吧，至少不必伸出舌头舔自己。看看小熊崽吧，他的头来回摆动，一下一下地舔着自己的脸，有时由于动作太大，差点儿失去平衡从椅子上摔下去。

一天晚上，美人鱼打量了熊崽一会儿，说道："他的确不大会打理自己，总是越舔越脏。"

"是啊，他越舔看上去就越糟，"猎人说，"他只会把自己弄得浑身湿嗒嗒、皮毛乱糟糟的。唉，还好他从来都不会舔太长时间。"

"他干什么都不长久，除了吃和睡。"美人鱼接着说。

情况的确如此。只要吃饱饭，小熊崽的脸上就会露出格外满足、愉快的表情：他眨着亮晶晶的小眼睛看向他们，然后再温柔地东张西望一番。不一会儿，那四处乱瞟的眼睛开始呆滞起来，眼皮不自觉地合上，又突然张开，然后再次悄然合上。就这样，小熊崽睡着了。

"和我们真是太不一样了。"美人鱼对猎人说。

"只要吃饱了，你根本不用替他操心任何事。吃吃睡睡，无非那老一套。"猎人说。

小熊崽开始打呼噜了。美人鱼说："天啊——这声音就

像一头海象！"

他们总是忍不住要打趣小熊崽。这真的很好玩。吃好饭，小熊崽坐在那里打盹，就像一座小山。美人鱼打着哈欠说："有他在，真让人安心，仿佛日子永远这样平静。"

小熊崽从椅子上滚了下去，朝着壁炉摇摇晃晃地走上两步，然后躺倒在地，很快又睡熟了。

猎人欣喜地说："果然还是吃了睡、睡了吃呀。"

小熊崽是个爬树高手。他用前腿抱住树干，后腿一蹬就爬上去了；然后紧紧地抓住树枝，爪子深深地嵌进树皮。即使是小熊崽第一次爬树，也和那些不会爬树的动物不一样，他会手脚并用地尝试各种方法，全靠一身蛮力。等下树的时候，与其说是爬下来，不如说是掉下来，中途还会停顿五六次，看得人心都提到了嗓子眼。在秋天的日子里，小熊崽会爬上结满果实的树，心满意足地发出呼噜声，狼吞虎咽地吃起果子来。

一个深秋的下午，天气寒冷，猎人从森林回来，美人鱼在门口迎接他。

"快过来，快过来。"美人鱼说着，紧紧地抓住猎人的胳膊。她的脸上满是担忧和痛苦，猎人从来没见过她这样。

"怎么了？"猎人问道。

美人鱼说："他快死了。我走过去摸他，他一动不动。他都不知道我在他身边。他快要没呼吸了，先是呼吸得很慢、很微弱，然后就气息全无，直到数完六七个数后，他才喘上一口。"

"噢，老天！"猎人说，"昨天晚上他一夜没有回来。我该去找他的。他在哪里？"

"就在悬崖上那个高高的山洞里——就是那个很窄的山洞，你得挤进去才行。"

他们匆匆离开了家。"可能是被别的熊伤得太重，回不了家，所以躲进了洞里。"猎人回头喊道，"他流血多不多？"

"不，血倒没有，"美人鱼回答，"他……"

但是，猎人已经拼命地跑出了很远，听不清她的话了。美人鱼沿着山路费力地往上爬，等她终于能望见洞口时，猎人已经跑得不见了踪影。她来到洞口，往里一看，只见猎人正俯身在小熊崽身边，查看他的情况。小熊崽一动也不动。

猎人忽然直起身，朝美人鱼身边迈了一步，然后放声大笑。骤然听到黑黢黢的洞口传出猎人回音四起的笑声，美人鱼被吓了一大跳。见猎人笑得如此轻松，美人鱼大叫："他没死？他还好好的？"

猎人说："他再好不过了。我忘记告诉你了，他这是进入了长长的睡眠——冬眠。"

"冬眠？"

"熊一到冬天就要冬眠。你看他长得多胖啊，嗯，他会一直躺在这里熟睡，除非天气变暖，不然不到春天他是不会醒来的。"

"他那样呼吸没事吗？"

"熊冬眠的时候都那样，而且叫不醒的。你看！"猎人一边说，一边托起小熊崽的肩膀，拖着他走了很远，接着又不停地摇晃他。他摇啊摇啊，还时不时突然大喊一声，震得美人鱼的耳朵"嗡嗡"直响。

动静这么大，小熊崽的呼吸还是没有任何变化。

美人鱼说："好奇怪！好奇怪！噢，知道他没事，我可真高兴。"

森与海之家

猎人把小熊崽放回地上，满心疼爱地拍了拍他，然后爬出了山洞。美人鱼说："我也要摸摸他。"她摸了摸小熊崽，伤心地说："一整个冬天他都不跟我们在一起吗？每个冬天都是如此？"

猎人想起了美人鱼和他说过她的妹妹，于是笑着说："他一整个夏天都跟我们在一起呢，为什么你还想他陪我们一整个冬天？"

"噢，我不知道。我……我跟他待惯了。"

那个冬季，他们时常谈起小熊崽。偶尔，猎人也会去山洞那边看看，回来的时候总是高兴地说："睡得可香啦！"有一次，美人鱼说："真像你妈妈讲的那个故事。"

"什么故事？"

"就是那个故事，你知道的呀，《睡美人》。我们好像养了个睡美人。"

他们的确非常思念小熊崽，终于熬到了第二年三月。一个雾蒙蒙的早晨，门上响起一阵抓挠的声音——是一头瘦削、暴躁、饥饿的熊，熊鼻子卡在了门槛上。他们顿时感到很高兴，马上给小熊崽喂了食。瞧他那副吃相哟！小

熊崽长得飞快，夏季快结束的时候，他已经长成了一个大家伙，当他在草地上奔跑的时候，就像一张床在飞。你简直不敢相信，那么一个大家伙竟然跑得这么快。

小熊崽长得越大，每次吃饭就把自己弄得越湿，湿得都看不出他长什么样。下着大雨的天气里，他也不管不顾地跳进水里去抓鱼——他总是一直待在河里，或站或坐，任凭腾起的浪花拍打他的背。这条小河通往大海，有很多鱼游来游去。一见到有鱼跳出水面，他张嘴就咬。最终雨停了，小熊崽吃好鱼，过河回家了。

头一年，每次回家的小熊崽就像一头湿乎乎的圣伯纳犬；第二年，他仿佛是一匹设得兰小矮马；第三年，他简直就是一匹披着湿外套的大骏马了。擦干他，就跟弄干一块沼泽差不多。他们必须把家里所有能用的东西，都拿出来给他擦身体，最后屋子里所有东西都湿掉了，小熊崽还是没有干。

于是，坐在壁炉边的小熊崽身子下面就汪了一摊水。火一烤，他身上的毛直冒热气，那一汪水也氤氲着一层水雾。热气蒸腾而起，窗户的玻璃也变得雾蒙蒙的。突然，小熊崽晃动身体想要抖落皮毛上的水。

"不！不！不！"猎人和美人鱼齐声喊道。他们训练过小熊崽，一听到这声音，小熊崽就会停止抖动——他明白"不，不"的意思。但是，一旦出了家门他就不管了。有一次在海滩上，猎人丈量了小熊崽抖身子时的水迹范围：从中心位置算起，直到洒落在最外围的水迹，一共是十七步。

小熊崽的日子过得风平浪静，他要么打着呼噜睡大觉，要么慢吞吞地拖着步子散步，要么快乐地奔跑一番，嘴里总是发出心满意足的哼哼声。但是偶尔也会有意外发生。一个暖融融的下午，猎人和美人鱼正在屋里聊天，突然，门猛地被推开了——是小熊崽！他扑到床上，一边拍打自己全身，一边上蹿下跳，还试图钻到熊皮下面。一大群小东西"嗡嗡嗡"地飞了进来，紧跟在他身后。"蜜蜂！蜜蜂！"猎人一边叫，一边拍打自己的脖子。

"蜜蜂？"美人鱼话音刚落，就发出一声尖叫，一把抓住了自己的肩膀——一只蜜蜂落到了她的身上。猎人猛地拽过美人鱼，抱起来跌跌撞撞地逃出了门，身后传来小熊崽的一阵阵呻吟，一定是几只蜜蜂钻进了熊皮被子里。不

过，猎人和美人鱼自顾不暇，他们的身后紧紧跟着几十只蜜蜂。"噢！"美人鱼又是一声尖叫——又一只蜜蜂追上来了。

猎人拼命地跑啊跑，姿势笨拙，但速度很快，他穿过了草地直奔海滩。恰好涨潮了。他"哗啦哗啦"地往深水里蹚，然后绝望地朝及腰深的水里扎，一下子摔了个倒栽葱。怀里的美人鱼也被甩了出去，在一个浪头下消失了。

他们的头刚露出水面，蜜蜂就"嗡"的一声飞过来。猎人喷着鼻息，大口喘着粗气，他的眼睛、鼻子、嘴巴全灌满了海水，却不得不一遍遍往水里扎。猎人每次扎进水中，都会溅起大片水花，宛如制造了一处美妙的喷泉，他将周身笼罩在升腾的水雾中。美人鱼不敢大意，模仿着猎人的样子扑腾起水花，可是突然失去了平衡，栽倒在水里，她干脆用尾巴拍击水面，溅起"喷泉"。

蜜蜂们似乎很想飞进这两处海面"喷泉"，可又湿又冷的水汽让他们毫无办法，他们只好围着这两处喷泉绕圈。圈子越绕越大，有几只掉头朝海滩飞去了。"来吧，战斗！泼水，泼水！"猎人大喊。不到五分钟，最后一只蜜蜂也飞向海滩，郁闷地朝草地的方向飞去了。猎人坐在水里大口喘气，水漫到了他的脖子；美人鱼则哈哈大笑，她笑得太厉害，都快喘不过气来，只好暂停一下，喘口气，再接着大笑。猎人也哈哈大笑起来。

"来吧，战斗！泼水，泼水！"美人鱼指着猎人大叫，她笑得更厉害了。

猎人说："你再指着我笑个不停，下次我就不告诉你该怎么做。"

美人鱼回答说："只要你还抱着我跑就行。你刚才抱着我，怎么能跑得这么快？"

猎人说："一定是潜力爆发。噢，我们可怜的小熊崽，看来，要么让他学会远离有蜜蜂的树，要么就得关紧房门。"

"我得马上回家看看。"猎人说道。很快他又折返回来，说："还有几十只蜂蜜在门口飞进飞出。我不知道小熊崽去了哪里，不过这些蜜蜂看样子应该不会再追着人攻击了。太阳落山之前，他们会飞走的。"

那天晚上，当猎人和美人鱼坐到火炉旁时，一切如往常般祥和，除了被蜜蜂蜇的伤处还敷着泥土。突然，门上响起了抓挠声。猎人打开门，小熊崽走了进来。他浑身上

下湿透了——显然，他最后也跳到水里去了。不过，水流并没有把他脑袋和肩膀上黏糊糊的蜂蜜和蜂蜡冲掉，他的皮毛上甚至还粘着死蜜蜂。他一坐下就舔起右前爪来，原来，蜜蜂在他无毛的前掌上蜇起了好几个肿包。"看看他的鼻子，好可怜啊。"美人鱼说。小熊崽的脸肿得很厉害，像是患了腮腺炎，根本认不出他本来的样子了。

小熊崽并没有表现出不满，也没有流露出痛苦的表情。他坐在猎人和美人鱼身边，静静地舔着自己的毛。那副神情就像在说，终于回家了！——他是多么高兴自己能回到家啊。小熊崽舔得越起劲，身上的毛就越乱糟糟。炉火把他身上的毛烘烤得越来越热，一小股水汽从他的身上冉冉升起，闻起来就像四五条湿漉漉的狗散发出的气味，又像是一团乱蓬蓬的蜂窝。

过了没多久，他那双闪闪发光的眼睛露出满足的意味，眼神也渐渐变得迷离。"他这一天过得真充实啊。"猎人说。

"要是他肚子里吃进去的蜂蜜有他毛上的那么多，那才真叫充实。"美人鱼回答。

"再吃点儿蜂蜡和蜜蜂就更充实了。记住，熊也吃蜜蜂。"

"在这个世界上，要是连他也不吃的东西，那就没人会吃了。噢，有什么是他不吃的吗？"

"呃……他不吃木头。"

"遇到枯死的木头，他会翻转过来，撕成碎片，吃光里面的虫子；碰上活着的树，他会敲打树枝，把所有的果子都摇下来吃掉。到了春天，他还吃虫子、鲜花和树皮……"

"你说得对……"猎人说。

小熊崽已经闭上眼睛，还打起了呼噜，声音听上去轻柔而平和，仿佛他已经在这儿躺了一整天。

"他看起来不是很呆头呆脑吗？"猎人无比怜爱地说，"可他又学会了一个与世界相处的本领。"

美人鱼说："真不敢想，那些没有他的日子我们是怎么过的！"

5.

家里的新成员

　　早春的一天，美人鱼从大海探亲归来。她和自己的族类一起生活了三天。仅仅三天，猎人却一直翘首企盼。在她回来的那天，猎人前去迎接她，一直迎到草地那里。等他们到了家门口的时候，猎人拼命忍住笑，对美人鱼说："我要给你一个惊喜。"

　　"小熊崽回来啦?!"

　　"没有，他还在山洞里睡大觉。有你在就有温暖。进屋看看吧，告诉我，你是不是看到了什么不一样的东西。"美人鱼走进家门，急切地四下张望，她看得很仔细：壁炉的火焰正在闪烁，贝壳和猎号仍然摆在壁炉上方，熊皮照旧铺在床上，地板上还是原来的鹿皮和海豹皮，弓和箭也和过去一样挂在墙上。

"你说的肯定是个'小'惊喜。"美人鱼说。

"对他的年龄而言，还是挺'大'的。"猎人不动声色地说，"去看看最下面的抽屉。"

床边有个柜子，柜子最下面的抽屉是拉开的，一眼就能看到猎人银白相间的鹿皮衬衫。"我把你的衬衫拉平噢。"美人鱼下意识地说道。这些年来，自从有了小熊，她已渐渐荣升为满怀热情的主妇，每次整理房间的速度完全可以同抓三文鱼媲美。

"噢，好！"猎人说着，嘴巴都快笑歪啦。当美人鱼把手伸向抽屉的时候，突然从里面传出了"嘶嘶"的声音。这突如其来的声音把美人鱼吓得直往后退。在抽屉中间放着的所谓白色、银色与灰色相间的"衬衫"，竟然是一只浑身斑点的幼猫。这只幼猫已经有成年猫那么大了。他长着一双大大的眼睛，当那双银色的眼睛与美人鱼的眼睛对视后，他缩到了抽屉的角落里，嘴里发出大海蛇般"嘶嘶"的声音。

"又是一个男孩，"猎人正色道，"没有你和小熊崽，我很孤单。"

"他到底是什么啊?"

"山猫,一只小山猫。"

"你是怎么抓住他的?"

"是偷来的。除了这一只,山猫妈妈还有四只小猫。她永远都不会想起这只小山猫的——我觉得她数不到五个数。"

"你是怎么趁山猫妈妈不注意抓走他的?"

"山猫住在那边的山洞里。我看到她在山洞外面喂小猫。当时风从他们那边吹过来,他们谁都没有闻到我的味道。你真该看看山猫妈妈喂小山猫的时候,那几只小山猫玩耍食物的样子,跟我们的熊崽小时候一个样儿,甚至更可爱。

"从那以后,我每隔一阵子都要去看看他们,每次都能看到他们在山洞外面的岩石上玩耍——相信我,我很小心的。我猜,山猫妈妈想让他们待在山洞里面,可他们不听妈妈的话。这一窝小山猫中,最勇敢的就是这个小家伙了。在你离开那天,我经过山洞的时候,发现他已经离开洞口挺远了,差不多有十二米。我心想,有人要把你抢走了。果然有人那么干了,那个人就是我。"

"驯服他要多长时间?"

"他现在就很温顺啊。这正是我满意的地方。他还不认识你呢。瞧！"美人鱼走到自己的座椅那里，坐下来准备好好瞧瞧。猎人朝小山猫伸出手去，动作不疾不徐，既非漫不经心，又非谨小慎微，但似乎认定小山猫会喜欢他的抚摸。确实，小山猫既不"嘶嘶"怪叫，也不向后退缩，而是任由猎人的手在他的下巴那里抓挠，而且马上发出很享受的"呼噜呼噜"的声音。

"他为什么'呼噜'得那么刺耳？"美人鱼问道。她从来没有听过猫打呼噜。说起猫，可以说她连见都没有见过，只有一次意外遇到过一只野猫，而且那猫远在森林里，距她大约四十五米的样子。

"确实刺耳。猫一舒服就会打呼噜。"猎人说，"看，他在踩奶①！"这只小山猫的呼噜声越来越大，他的脚爪指甲忽而从肉掌里面伸出来，忽而又缩进去。他的脸上露出满足的表情，带着一丝陶醉和几分出神。

"你怎么知道他是在踩奶？"

"我不知道。我妈妈是这么说的。妈妈养的那只猫就爱

---

① 踩奶是小猫吃奶时的一种动作，可以刺激猫妈妈分泌乳汁。

这样。我也不明白为什么。"

"踩奶……"美人鱼重复道。她把"踩奶"与"呼噜呼噜"放到一起记下了。几个月以来,她头一次碰到了生词。

"他很顽皮。"猎人得意地说,"他一天发泄的精力,顶小熊崽一个礼拜。你真应该看看他是怎么玩球的。"猎人走过去捡起球,把球滚了出去。球经过抽屉那个位置的时候,小山猫一纵身跳到球上,立刻张开大嘴咬了两下,又用两只前爪把球拍过来拍过去,接着朝空中一扔,他就满屋子追球玩去了。皮球到处乱滚,小山猫紧随其后。他玩得自得其乐,一时间,让人分不清哪里是球、哪里是猫。一旦皮球停下来,小山猫则躲在几寸高的鹿皮堆后面观察一番,然后才慢慢地迈出脚步,悄无声息地朝皮球走去。步伐慢得让人难以忍受,那小心翼翼的模样仿佛人类走钢丝——脚下就是万丈深渊。

"太好玩了!"美人鱼迷醉地说。小山猫又是一跳。"皮球对他来说真是小菜一碟。可怜的皮球,一丝逃出猫爪的机会都没有。"

"看看他的大爪子,"猎人说,"就算是大猫,他的爪子

看起来也还是很大。他在雪地上走得那么自如，全靠他的爪子。看看他的后腿，可真长！"

"为什么他的后腿比前腿长那么多？"美人鱼惊奇地问，"他跳那么高，是因为后腿长前腿短吗？"谈话间，猎人不经意地把皮球向小山猫抛过去。皮球在空中划出一道精致的弧线，小山猫纵身一跳，在半空中就接住了它。

"哇，他跳得好高！比刚才还要高！他都能跳到柜子那么高了。我打赌，再过一个月，他就可以跳到房梁上了。"

猎人赌输了，因为仅仅过去一个礼拜，小山猫已经跳到房梁上了。从此以后，房梁几乎成为小山猫的专有，成了他的"树冠王国"。通常，小山猫是从地板跳到柜子上面，然后再往房梁上跳。必须直接往上跳的时候，他总是把全身绷得紧紧的，先来几个试探的起跳，然后"嗖"地一下，飞一般蹿到房梁上，快得让人难以置信。梁上黑黢黢的，小山猫在房梁之间自如走动，简直如走平地。然后，他把爪子远远地伸出去，再把一本正经的大脑袋平放到爪子上——只不过一两个月的工夫，他就一点儿小猫的样子都没有了。他总是保持这个姿势趴在房梁上，时而观察，时而沉思，时而打盹。他长得越大，在房梁上的样子就越发显得古怪：他仿佛置身半空——就在猎人和美人鱼的头顶，宛如月亮旁边的一片云朵，睁着大大的银色眼睛凝视着他们，目光镇定；他那么有魔力，简直就是森林赐予这座房子的一道魔咒。

从一开始，小山猫就爱跟小熊崽待在一起。他初到世间，就是和毛茸茸的大家伙待在一起的。毛茸茸的大家伙是他妈妈。小熊崽也是个毛茸茸的大家伙，比小山猫的妈妈还要大，还要毛茸茸。当小山猫伸展四肢靠在小熊崽庞大的褐色躯体上时，小山猫看上去灵活、光滑但矮小；而一旦离开小熊崽，小山猫就显得灵活、光滑而又高大。小山猫坐在餐桌旁吃饭的样子也很灵巧，他优雅地使用自己的碗盘，喉间呼噜着从美人鱼手上拿一丁点儿鱼吃。（猎人和美人鱼让他坐进小熊崽的"宝宝椅"——小熊崽长得太快，早就坐不下了，现在他的脑袋和肩膀已远远高过桌面，只好坐在地板上吃。）小山猫吃饭时的举止比他们任何一个都得体，但是吃鹌鹑的时候除外。他太爱吃鹌鹑了，一见碗里有鹌鹑他就迅速出"手"，把自己的那块鹌鹑肉从碗里

拍到桌面上，然后目不转睛地盯牢它，再把脑袋蹭上去。若是兴奋劲儿上来，他索性把肉朝空中一抛，再一巴掌把肉拍到地上，接着就满房间追着玩，好像在追自己的皮球。

小熊崽的成长就像接连不断的事故，而小山猫的成长则与他的做事风格一样，既顺利又有计划性。当他第一次跳上屋顶的时候，猎人和美人鱼一遍遍对他说可以自己下来，他就果真自己设法下来了。意外仅有一次：有一天，猎人忘了关柜子最上面的那个抽屉——里面装着他妈妈的手帕，等他和美人鱼回到家，发现地板上的鹿皮皱作一团，小山猫气喘吁吁地躺在角落里，那块手帕离他的鼻子只有几寸远，已经变成湿漉漉的布条了。

"噢，真可惜！"美人鱼说。

"不是他的错，"猎人伤感地说，"他还不懂事。"他伸手拍了拍小山猫，小山猫"呼噜呼噜"地叫唤。手帕洗净弄干后又放回抽屉里了——从某种意义上说，这块手帕还和以前一样珍贵，它成了一块"山猫纪念手帕"，见证了他们的小山猫唯一犯过的错误。

小山猫不仅为自己追逐猎物，也为这个家肩负起狩猎的任务。这完全是他自己的主意，家人并没有让他这么干。他带回家的大多是兔子。一开始，猎人和美人鱼对小山猫大加表扬——他终归是只年幼的小山猫，能逮到那么多兔子可真棒啊。有一天，美人鱼黎明时分就醒来了。她看到床下堆了三只兔子，有点儿血淋淋的。那只自豪的小山猫就睡在旁边。美人鱼对猎人说："我们家真的快成养兔场了！天还没有亮，他已经抓回了三只！"

"跟他说不要抓了！"猎人睡眼蒙眬地说。

"他在睡觉。"

"我也在睡觉。"猎人说着，翻个身又睡了过去。

一连好几天，他们都坚定地对小山猫说："这是你的兔子。"随后就把兔子拿出屋子。小山猫轻轻走着猫步。他弄不明白他们是什么意思。但他看得出，他们对兔子不感兴趣，他们甚至对兔子怀有一种敌意。他抓回来松鼠，他们同样表现得不冷不热。他逮了只狐狸回来，他们似乎大为震惊。不过，倘若小山猫抓回来的是鹌鹑，猎人还是挺高兴的。"鹌鹑很不错，只是射杀鹌鹑挺麻烦，会让我的箭变钝，我不喜欢。要是你受得了早上醒来，看到床脚下有

鹌鹑……"

美人鱼回答:"噢,我不介意。只要不是蜂蜜就行。"

小熊崽的确不是陪同散步的理想伙伴。跟他一起走路会像带着笨重的桌椅散步,而那"桌椅"还时不时会去掀翻木头找虫子吃;跟小山猫一起散步完全两样。他既安静又敏捷,并且随时关注周遭的一切——他拥有大型猫科动物对世界的好奇心。小山猫进入森林如走平地。他在那些低矮的枝条间自如穿梭,悄然无声;遇到高高的灌木丛拦路,小山猫纵身连跳几下,毫不费力就跃了过去——他整个身体腾空而起,像一只巨大的银色蚱蜢一样迅捷;等他们到了海滩,小山猫一上一下弹跳着走路,好像有人把他托举在半空,脚不沾地。脚下是潮湿的沙地,他嗅嗅浮木,闻闻海草,偶尔朝某只海鸟扑去。就算海鸟再警觉,见小山猫乍然扑来,还是会被惊到。只听那鸟儿粗声粗气地乱叫一阵,便扑棱着朝天空飞去了。

有时候,小山猫在百米之外的地方有了新发现,就会欢呼雀跃起来。他为了把猎人和美人鱼带过去,索性用脑袋在猎人的腿上来回蹭,一边蹭一边喉间呼噜声大作。蹭

森与海之家

过之后，小山猫起身就走，四条腿飞快地迈着迷人的小碎步。他总是从山猫的角度想问题，以为自己喜欢的东西，猎人和美人鱼也会喜欢，但是到头来，换来的往往是猎人或美人鱼的一句"噢，就这个啊"。但是小山猫猜测小熊崽的心思，往往是一猜即中——小熊崽每次都会把小山猫发现的"猎物"大口吞下去。小山猫喜欢送大家东西，也喜欢把大家带到他发现好东西的地方。小山猫做起这两件事情来，常常面带喜悦、心怀热切，甚至流露出心醉神迷的神情，似乎不管对他还是对别人来说，这两件事都堪称美妙——妙！妙！妙！

　　小熊崽喜欢猎人和美人鱼，而小山猫则是依赖他们。正如猎人和美人鱼所说："我总会情不自禁去抚摸小山猫。一摸他，他就打呼噜。"小山猫的呼噜声大都是低低的，像从远处传来的雷声；当他感到特别欢喜的时候，他的呼噜声会变得古里古怪，既高且哑，像男低音歌手唱出的假声。在猎人和美人鱼身边的时候，小山猫喜欢在他们身上蹭来蹭去；他们走到哪里，他就跟到哪里；他专注地凝视他们的时候，脸上挂着心满意足的表情。清早，看到猎人和美人鱼醒

了，小山猫很高兴自己又能和他们见面了。他满怀深情地跑过去，假模假样地在他们身上咬两口，就跟挠痒痒差不多，搞得美人鱼总会笑个没完没了。如果咬的是猎人，他会惊叫道："哎哟！"他若是喊："不要急！不要急！"小山猫也就失掉了咬他的激情，他的牙齿暂时碰都不会再碰猎人一下了。

美人鱼最开心的时刻是在小山猫清洗完自己之后——他会接着帮猎人或美人鱼做清理工作，比如他会去舔猎人的头发或是胡子，而且要舔很长时间，舔得如痴如醉，直到猎人的毛发湿润光滑才会罢休。当小山猫为猎人做清洁工作的时候，猎人就顺从地倚靠在床上，一副昏昏欲睡的样子。美人鱼极为欣赏地说："瞧他把你舔得多亮啊！如果不是跟你在一起这么长时间了，我都不知道还能不能认出你来。"

"马上你也亮起来啦。"猎人说。说完这话不久，小山猫就去卖力地舔美人鱼了。美人鱼可不如猎人那么安静——小山猫舌头上的小肉刺弄得她痒酥酥的，令她忍不住发出一串串明亮的笑声，像是水泡"咕嘟咕嘟"冒上来。奇怪的是小山猫从来没有想过去舔小熊崽。他一定是见过小熊崽笨拙地清洗自己的场景——就算是小熊崽，要把那

庞大的身躯舔干净也不容易。

等到清洁工作全部结束，小山猫会躺在他们身边，一只爪子像纪念碑上面的石狮子一样朝前伸出去。他那张大脸看上去既严肃又美丽，非常引人注目。作为猫的身份印记，毛皮上色泽暗沉的斑点和条纹现在消失不见了——或者说更加暗淡了。冬季，他看上去是毛发长长的灰白色庞然大物；一到夏季，他就消瘦下来，身体又瘦又长，皮毛灰褐色，但他那长着若有所思的银色眼睛的面庞，仍然和以前一样让人印象深刻。在灰色的耳朵尖上，有两簇银黑相间的长毛高高竖起，看上去煞是惹眼。他的前额中间是三条垂直的黑灰色短纹，使他看上去像是在皱眉思考严肃的问题。那些覆盖着他的面颊、下颌和脖子的大雪团般的毛发上面，镶着三条美丽的黑色长纹，其中最长的那条一路向上延伸，直通小山猫的外眼角。他清澈的大眼睛边缘，勾勒着一圈精致的黑色眼线，每只眼睛上面还生出四五个好看的深色斑纹。口鼻附近的胡须像天线一样根根竖起，每根下面都配有一个小小的黑色斑点。浅黄褐色与银色相间的尾巴末端，有一簇乌黑发亮的长毛。冬季，小山猫的毛长长的，美丽而健康，一看到他，任谁都忍不住想伸手摸一摸；夏季，他身上的毛就长得很潦草，让人觉得那些毛只不过凑合着长在他身上罢了，仿佛天气一热他就会脱掉原来的厚外套，换上一件粗陋的破衣服。

他们在一起度过三年之后，小山猫就不再长大了。不过正如美人鱼所说的那样，他也不需要再长了，已经够大了。"就算是玩耍，他都那么庄重，那么——你给我讲国王的故事时用的是哪个词？"

猎人思索了一会儿，说："高贵。"

"没错！"美人鱼说，"高贵！他看上去的确很高贵！"

早上，如果他们睡过了头——也就是说，没有小山猫醒得早的时候，小山猫会尽量耐住性子等，等得不耐烦了就纵身跳上床，趴在猎人身边盯着他看，稍后他的爪子就伸过来，动作小心而轻柔，想要掰开猎人的眼睛。猎人的一生中，不知有多少个早晨，迷迷糊糊中最先感知到的就是眼皮贴上来一大块毛茸茸的东西。等到猎人终于挣扎着醒来，睁开眼一看，小山猫正目不转睛地凝视着他呢。

"睁眼是醒，闭眼是睡，所以他要掰开你的眼睛。他真

的非常聪明。"美人鱼说。

"非常聪明。"猎人赞同道，"只是这么醒来好奇怪。有一次，我梦到月亮落下来了，越来越大，越来越红，越来越近。我都无法呼吸了。我睁开眼一看，又是小山猫。"

猎人会跟小山猫玩一种游戏，猎人称为拳击游戏。他们坐得离对方有三四步远，不能乱动，注意力要集中。他们要设法摸到对方，但是不能被对方摸到。猎人的手和小山猫的前爪陡然伸向对方，击打、闪躲、阻挡、停顿，犹如猛蛇出击。小山猫懂得收起尖利的爪子，要是偶尔太激动忘了这回事，猎人的衬衫袖子就会遭殃。

"肉垫垫！肉垫垫！"每当此时，猎人都会大声警告小山猫。

美人鱼第一次听到这个词的时候，迷惑不解地问道："肉做的垫子？"

猎人说："我也不知道为什么这样说。当你想让猫缩回爪子的时候，就得这么说。我妈妈以前就是这么说的。"这么一解释，美人鱼和小山猫就懂了——森林和大海之间的那片草地，也是他们的"肉垫垫"。

6.

小山猫和小熊崽带回家的小男孩

有一次暴雨如注，下了一天两夜。到了次日早上，云啊，风啊，雨啊统统消失不见了。天空澄净如洗，阳光普照大地。小山猫站在草地里，注视着猎人和美人鱼从他身边走开。他们沿着一条铺满枯枝败叶的小路向森林里走去了。稍后，小山猫独自雀跃着大步奔向海滩。他在沙滩边停下脚步，抖了抖毛，随着一道亮光闪过，穿越草丛时蹭到身上的水珠统统被甩了出去。

沙地上顿时泛起了泡沫，有的状如条纹，有的好似斑点。小山猫沿着沙滩一路小跑，不时地嗅一嗅路过的海草和浮木。岸边有不少被浸湿的大木头，有的木头甚至被暴雨冲到了草地边。再朝前走，有一只死掉的海豹，小山猫径直走过去，伸出爪子碰了碰死海豹。

到了河的入海口，小山猫发现有一艘救生艇搁浅了。船舱里传出哭声。

小山猫走过去，把爪子搭在船舷上朝里面看。船的底部都是水。船的一头躺着个女人，身体在水中半隐半现，已经一动不动了。一个小男孩紧紧依偎着她。看到小山猫，小男孩不哭了，向小山猫伸出手，满怀希望地说："小猫咪！小猫咪！"

小山猫连忙跑到船的另一头。小男孩伸手拍了拍小山猫的头，呼噜声立刻响起来。"可爱的小猫咪！"小男孩说。可是，可爱的小山猫马上转身离开了。小男孩刚刚舒展的眉宇一刹那又布满了阴云。小山猫朝沙滩的方向跑去。

到家了，小山猫急切地跳进屋门。家里除了小熊崽没有别的人。小山猫走过去用头蹭蹭小熊崽，可是小熊崽睡着了。

小山猫不停地"喵喵喵"叫着。他试图掰开小熊崽的眼睛，可他这一套在小熊崽这里没有用。他只好轻轻地在小熊崽的鼻子上拍了一下，小熊崽的爪子抽了抽。小山猫又拍了他一下。这一次，他抬起爪子想护住自己的脑袋。

森与海之家

最后小熊崽终于睁开了眼睛，摇摇晃晃地站了起来。见他醒了，小山猫马上朝门口跑去，可是小熊崽站着不动，小山猫回转身，用头蹭蹭小熊崽，又急吼吼地跑开了。这一回，小熊崽心领神会地跟了上去。

他们沿着沙滩一溜小跑。小熊崽看上去黑乎乎的，笨重无比，那副样子好像沙滩上被水泡烂的浮木，可他的眼睛闪着亮光。以往，小山猫把小熊崽带去的地方都有好吃的，但这一次，他跑向了一艘搁浅的小船。小山猫抬起爪子放在船舷上，朝船里张望；小熊崽后腿站立，也朝船里望去。

小男孩紧紧地靠在女人身上睡熟了。小山猫跳进船舱里，走到小男孩身边，用自己的脸去蹭小男孩的脸。小男孩马上醒了，伸手就去摸小山猫。然后他看到了小熊崽——现在小熊崽已经恢复四脚着地的样子。看到小熊崽，小男孩露出不安的神情。他对小山猫说："小猫咪，怎么回事啊？"小熊崽朝小男孩所在的船头走去，巨大的脑袋架到了船舷上。小男孩吓得立马朝后缩。但是小熊崽看上去非常和善，小男孩渐渐地不那么怕他了。不一会儿，他就伸

出手去拍了拍小熊崽，就像他刚刚拍小山猫那样。

小山猫跳下船，朝家的方向走去。可是小熊崽和小男孩都一动不动。小山猫不得不停下来。小男孩的手臂正环抱着小熊崽的脖子。小熊崽的毛又厚又软，小男孩察觉到这一点笑了。见小山猫停下来，小熊崽迈开步子追了上去。小男孩失去平衡，从船上摔了下来，跌倒在沙地上。他并没有摔伤，但是见他摔倒，小山猫又折返回来，用脑袋来回蹭他。小男孩在小山猫身上摸了摸，又伸出手臂抱了一下小熊崽，然后坐在沙滩上哭了起来。小山猫呆立在那里，不安地看着小男孩哭泣。小熊崽沐浴着阳光，坐在沙滩上。

小男孩终于停止了哭泣，一把抱住了小熊崽。小山猫回头看了看，一路朝家的方向小跑而去。小熊崽缓缓站起身，小男孩揪住熊毛朝前迈了几步，步伐中带着犹疑。随后，他们才放开步子朝前走。他们三个在海滩上缓缓前行：小男孩瘦小又虚弱，小熊崽黑乎乎的像一座山，银灰色的小山猫浑身闪亮，走在前面就像一波流动的潮汐。他们到达草地的时候，小男孩累倒在地。小山猫径直朝家里跑去，可是屋里仍然空无一人。他又跑回小熊崽和小男孩身边。

小男孩休息了一会儿，才起身朝前走。

终于到家了。进屋后，小男孩充满期待地四下看看。他一个人都没有看到。小熊崽在壁炉旁边躺下了。小山猫在男孩身上蹭来蹭去，喉间又发出"呼噜呼噜"的声音。小男孩又累又饿，焦躁不安，他已经没有抚摸小山猫的心情了。他想爬上床休息，却把床上的熊皮拽了下来，兜头将自己罩住。最后他走到小熊崽身边，贴着小熊崽，蜷缩着身子睡着了。没过多久，小熊崽也睡着了。

小山猫却一刻也安静不下来。他不时地走出家门，跑到通往森林的那条小路上，再掉头跑回来，走几步就哀鸣几声。后来小山猫终于听到远处传来的说话声，等猎人一出现，马上跳到他的身边，贴着腿就蹭。猎人弯腰抚摸他的时候，他发出了很大的呼噜声，美人鱼说："看他现在的表现，像是给我们抓到什么好东西了。"

猎人问："你给我们带回来什么了，小伙子？又给我们抓了只鹌鹑？"小山猫忽而在前，忽而在后，欢快地围着他们打转。

猎人和美人鱼走到家门口，朝屋子里张望着。屋外阳光很强，他们的眼睛一时看不清楚屋子里的东西，只觉得房间光线幽暗，里面空荡荡的，只有壁炉旁躺着的小熊崽。小山猫跑过来，骄傲地站到猎人身边。美人鱼困惑地说："看他的样子，像是给我们抓了一头大熊。"

猎人朝屋里走去。他陡然停下了脚步，简直不敢相信眼前的一幕，说："看！"

美人鱼走近了一些。她看见一个小东西紧贴在小熊崽黑乎乎的皮毛上睡着了。是一个小男孩，她觉得他比猎人长得还要好看。

"一个男孩。"猎人声音柔和。

小山猫在猎人的腿上蹭啊蹭。猎人弯下腰拍拍小山猫，眼睛却没舍得从小男孩身上移开。美人鱼伸手去摸小男孩的皮肤。她对猎人说："他真柔软啊。"猎人抬起胳膊搂住美人鱼。他们站在那里一起注视着小男孩。

过了一会儿，美人鱼说："他是怎么到这里的呀？"猎人摇了摇头。"我不知道。"他说，"我，我……"

他俯下身去摸小男孩，仿佛是在摸索梦中的一样东西，想要确认是不是真的。突然，猎人张大眼睛，说："可能是

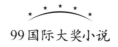

因为暴雨。海滩上也许还有人，也许还有……"

他走到门口，朝大海的方向眺望。美人鱼不由自主地坐到了小男孩身边。猎人很快就回来了，说："海滩上没有别的人。"

美人鱼说："我从来都没见过你和你爸爸妈妈住在这里的情景，我也从来没有见过小孩子。他的胳膊和腿那么短、那么白，他的脸长得和你的不一样。看看他的头发和皮肤，多么柔软啊。他瞧上去真无助，还没有长成完整的人似的，真让人怜爱！"

猎人发出一声古怪的叹息。他和美人鱼坐在一起看着小男孩。他不知道该说些什么，脸上挂着轻松而满意的表情。没过多久，他真的打起了呵欠来。

小男孩醒了。猎人和美人鱼给他吃了小山猫抓来的鹌鹑，又从木头杯子里倒了些水给他喝。他朝他们两个伸出手来，就像他把手伸向小山猫那样。他冲美人鱼喊道："妈妈！妈妈！"当猎人抱起他的时候，他开心地笑了，但他好像不知道该怎么叫他。美人鱼给小男孩洗了澡。小男孩的小衬衫又脏又薄，令她感到吃惊。她对猎人说："真像你妈妈的那张手帕。"

当天稍晚的时候，猎人又去了海滩。没过多久，他回来拿铲子。他告诉美人鱼："暴雨把一艘小船冲到了入海口。小男孩的妈妈还在船里面。她已经死了。"

小男孩是从哪里来到这个家的？猎人是从小山猫、小熊崽以及小男孩留下的脚印得到的答案。他伸出大手抚摸小男孩的头发，然后就离开了家。几个小时后他才回来，脸上的表情一片茫然，又若有所思，好像他自己的爸爸妈妈跟他回来了似的。

小山猫终于不再为自己的发现沾沾自喜了。他去了森林里。小熊崽躺在壁炉边看着美人鱼和小男孩玩球。偶尔，他的爪子会抽动一下，可他毕竟不再是当年的熊宝宝了。男孩坐在地板中央，美人鱼把皮球滚向他。他一拿到皮球就想扔回来，可是他还不太会扔，如果球滚不到猎人身边，美人鱼就会用尾巴帮他捡球。过了一会儿，小男孩就玩得很熟练了。

不管是捡球还是扔球，小男孩都会发出一串清脆的笑声。这个大房间里，以往回荡的是美人鱼奇特的水泡泡似

的笑声以及猎人温和的笑声，现在，这里终于响起了和以往不一样的笑声。晚霞照进窗户，在落日的余晖中，房间里暗淡下来了。猎人在壁炉里点起了火。小男孩伸出手，就着火光取暖。

"看得出来，他对火不陌生，"美人鱼说，"看得出来，他是个……"她沉默地看向猎人，接着不无惆怅地说："还记得我以前用手抓木炭的糗事吗？"

猎人对她说："记得啊。"

7.

小男孩

　　没过多久，他们就忘记了从前没有小男孩的那些日子。当然，他们总归还是会想起一些往事的。"做这么小的东西好奇怪啊。"美人鱼给男孩做鞋子、衬衫和裤子的时候总是会如此感叹。她用的是最白最软的鹿皮，上面覆着一层花鸟针织图案。（说起这些衣物，美人鱼的评价是："他穿着正合身。"）美人鱼还给小男孩做了一顶鹿皮帽子。帽子外面缝了好多羽毛，让人压根看不出帽子是鹿皮做的。戴上这顶羽毛帽，小男孩的小脑袋登时蓝光闪闪。

　　猎人为小男孩做了一张弓、四支箭，除了小，其他的跟他自己的一模一样。小男孩把弓箭背在了身上。但他太小了，还不能拉弓射箭，除非猎人把着他的手。猎人还给小男孩做了一张床，上面铺着美洲狮的皮毛。小男孩的弓

箭就挂在床的上方。每天晚上，猎人把小男孩放到床上的时候，都得连同他的玩具一起放上床。他的玩具有皮球、毛绒熊、木质山猫、猎人父母的雕像以及猎人的项链——为了不伤美人鱼的心，猎人只好撒谎说项链是借给小男孩的。有时候，真正的小山猫会在半夜时分前来作陪。于是小男孩早上醒来，一眼就能看到蜷缩在床尾睡觉的小山猫。小男孩会俯身过去，摸摸小山猫的头；小山猫则打着哈欠，发出睡意浓浓的呼噜声。而小熊崽太过庞大，小床根本装不下他。于是，他只能往床边一躺，头超过了床头，脚也超过了床尾。

以前，都是猎人和美人鱼一起去海滩。现在，他们和过去一样同行，只是加上了小男孩，变成了三人行。小男孩喜欢沙滩、贝壳，喜欢浅水区的波浪溅起水花，洒落在他的腿和肚子上。有时候，猎人会抱着小男孩走向大浪。巨大的绿色浪涛笼罩在他们的头顶——最高处是白花花的浪头。当大浪即将轰然破裂的时候，男孩觉得，似乎世上没有更强大的力量可以拯救他们了。而猎人不管这些，他反而猛地向上一冲，于是，巨浪就在他们周围碎裂开来，刹那间，两个人就沐浴在咸丝丝、白茫茫的水雾中了，四下全是炫目的泡沫。小男孩吓得闭上了眼睛，倒抽了一口冷气。等他再睁开眼睛的时候，浪花已经不复喧嚣，只剩下他和猎人站在水中。

美人鱼会在河边的小池塘里教小男孩学游泳。"像我一样游。但你是用腿啊。"不久，游泳对小男孩而言就和走路一样自然了，正如他听美人鱼讲故事、说美人鱼的语言，还有听猎人讲故事、说猎人的语言一样自然。"他说话的时候就像个海民，不管说什么，都有水流的声音。"美人鱼骄傲地说。

猎人用他最高水准的海豚音大喊："救救我，把我救上岸吧！"然后他问美人鱼，自己的声音是否有水流声。美人鱼指着他说："你跟你爸爸说话一样，不管说什么，都带着一股胡桃木的味道。"

"留一线，日后见。"猎人温和地说。这句话原本是"做人留一线，日后好相见"，可美人鱼记成了"留一线，日后见"。猎人没有刻意纠正她，一开始是出于礼貌，后来觉得这么说也不错，就将错就错了。当然，猎人此刻回她

这一句，美人鱼可听不出他是在调侃自己。

有时候，他们会给小男孩讲当初的那个场景：小山猫如何找到他们的，再把他们领到小男孩的身边，让他们看到紧贴着小熊崽熟睡的他。有那么一两次，他们还把小男孩带到他妈妈的墓地去了。除了偶尔梦中出现过的模糊身影，小男孩记忆里的爸爸妈妈就是猎人和美人鱼，仿佛他们一直都是他的爸爸和妈妈。（他们两个和自己不一样，他们两个彼此也不一样。可是，爸爸妈妈不都跟孩子不一样吗？他们彼此不也不一样吗？在小男孩眼里，美人鱼和猎人的差别并不大，就像在所有孩子眼里，爸爸的短发、长裤和妈妈的长发、裙子差别不大一样。）每次听到他们说是小山猫发现了自己，小男孩只会朝爸爸妈妈微微一笑，假装出是小山猫发现了自己。

一天，小男孩笑过之后，猎人也微微一笑，说道："你肯定以为你一直都是跟我们在一起的。"小男孩不知道该说"是"还是"不是"，于是大笑起来，带着一种简单的快乐。美人鱼也不由得笑了，说："对啊，你觉得是，那就一定是。"

小男孩的心跳加速了，他说："不对，是小山猫发现了我。"这样的对话，渐渐成为他们之间的一个游戏。小男孩觉得真相不是这样的，所以他才喜欢说是小山猫发现了自己；猎人和美人鱼喜欢说小男孩是一直跟他们生活在一起的，是因为——原因很多啊。

小男孩比猎人和美人鱼睡得早，也比他们起得早。有时候，整个房间里只有他跟小山猫是醒着的。小男孩会端坐床上四下打量：猎人睡在熊皮毛下面，美人鱼睡在熊皮毛上面，小熊崽在壁炉旁边打呼噜；再看墙上，是猎人和男孩的弓；还有皮毛、贝壳与猎号，房门上方的蓝色花、鹿腿、人像……在小男孩眼里，眼前的这一切都很熟悉。

一天晚上，小男孩睡着一两个小时了，突然被雨声惊醒。他听到妈妈对爸爸说："他很好，也聪明，可是真的长得很慢，我不明白为什么。还记得小熊崽长得多快吗？小山猫也长得很快。"

猎人过了一阵子才回答——他肯定是想到自己的童年了。"我不知道，我觉得我们不如他们长得快。我记得我好长时间都一直是个小男孩，好长时间都是。"

美人鱼继续说："他和我们那里的孩子非常不一样——他是个好孩子，他们都是坏家伙。他也比他们有趣得多。他总是想一些稀奇古怪的事。"

"真的吗？"

"我觉得是。他会编一些海底故事给我听。今天早上，他告诉我，等他长大了，他要做一把能在水中射击的弓箭，还要跟海里的女孩结婚，然后跟她一起住在海底。"

"不算太离奇，"猎人反驳道，"我也经常这么想。"

美人鱼温和地说："你想得也真稀奇。"

第二天早上，小男孩想起了夜里听到的话——他不知道是不是自己做的一个梦，其中长得慢这个话题对他来说最为重要。对此，小男孩的推理是：他一直跟猎人和美人鱼生活在一起，小熊崽和小山猫来得晚、长得快，所以他们比较大。他喜欢爸爸说的那句话："好像我很长时间都一直是个小男孩。"似乎，爸爸也当了好长时间的小男孩。

日子一天又一天过去了，既一成不变又绝不相同。小男孩生活得很快乐——他并不清楚这一点，因为他没有不快乐的记忆。有一天他在森林边缘玩耍的时候，一只会说话的

鸟儿飞到他的身边问："你喜欢你的生活吗?"他不知道如何回答,于是反问小鸟:"你会不喜欢这样的生活吗?"

一个晴朗的早晨,天空湛蓝,猎人和美人鱼去了海滩。小男孩感冒了,他们让他卧床休息。玩具堆在床上陪伴着他,小山猫懒洋洋地蜷缩在他身边。小熊崽在房间一角睡觉。"我抱你吧。"说着,猎人弯腰把美人鱼抱了起来。

美人鱼在白色的浪花里跃上跃下,在阳光的照射下忽明忽暗。她的双眼闪着炫目的光,好似海浪腾起又碎裂后的小朵浪花里映出的点点彩虹。她看起来宛若大海不可分割的一部分,就像小动物是森林的一部分一样。美人鱼绕着猎人一圈一圈地游,猎人也沿着美人鱼泛起的光波,忽前忽后、忽左忽右地游,偶尔像海豚一样蹿出海面。

当他们穿过草地回家的时候,猎人步伐轻松自在,美人鱼则在草丛中奋力前行。猎人脸上挂着一抹疲惫的笑容,说道:"游泳游得那么棒,却生活在陆地上。"

"噢,好吧。"美人鱼说着,不再向前走了。猎人也停下了脚步。他们席地而坐,青草和鲜花的味道扑鼻而来。猎人打了个哈欠,伸了个懒腰,用手背抹去眼皮上的盐,然后躺倒在地上，懒洋洋地望向高远的天空。美人鱼也把眼睛望向虚空，她脸上的表情发生了变化。后来，她终于开口了："第一次走进你家时，我跟自己说：世上从来没有一个海民像我这样上岸生活。"

说完，美人鱼笑了，但笑得有点儿古怪。她的眼睛仍然看向虚空。随后，她打开了话匣子，不停地说啊说，好像她以前从来没有说过话似的。

"还记得我用手抓木炭的事情吗？"她说，"那一次，我用手捧着木炭一动不动，还好木炭并没有烧伤我的手。

"那时候早上醒来，我躺在你身边，观察一样一样的新鲜的事物。一切都很新鲜，我不敢相信自己是醒着的。我跟自己说，我是在做梦吧。那种感觉持续了很长一段时间。突然有一天，当我又想看新鲜事物的时候，我发现什么都不新鲜了。第二天仍然是这样。原来，我已经习惯了这里的一切。

"要习惯一个人独处，对我来说比较困难。海民去上学都是像鱼儿一样成群结队，从来没有谁会落单。在家等你的时候，我会不由自主地走到窗前，心里想的是走过草地，

走到海滩再到大海要用多长时间。然后我对自己说，世上从来没有一个海民像我这样上岸生活。

"我告诉自己我做得对，是他们错了——我就是这样认为的，可是坚持这么认为也挺难的，特别是在我回到海民身边的时候，他们都为我而感到非常难过……"

说到这里，美人鱼皱着眉头嘀咕了几个字，继续说了下去："在他们看来，我是跟动物一起生活，对，他们就是这么说我的，说我跟动物生活在一起。

"海民不知道什么是宠物——他们搞不懂我为什么想跟动物一起住，他们也不了解陆地上的动物。他们不认识你，不知道你长什么样子。对他们来说，你就是陆地上的一个大动物，一个危险的大动物。每次我回到他们那里，他们都以为我不会再走了。不得不说，跟他们待上一两天我会感觉很舒服，因为一切都是从前的样子，连我自己都很难相信我还会回到你的身边。就好像你和房子、床、桌子都是我做的一场梦，而眼下我醒了。要想回到你的身边，我就得赶快睡觉，再做一个同样的梦。

"记得小时候经常梦见我住在船上，长着两条人类的腿。我把我的梦告诉了妈妈，她摇了摇头说，所有的好东西都在海里。

"可是对我来说不是这样的！不是这样的！"美人鱼热切地说，"因为陆地是那么不寻常。大海有时候是狂暴的，有时候是平静的，但是海底没有什么不同。海里的生活就像海底世界一样，也没有什么不同。跟你在一起过了一年又一年，再回到他们那里，第二天和第一天一样，第三天和第二天也没什么两样。我的心底就会有种奇怪的感觉——我想要点儿什么——就像饿了一样。我就是觉得饿。

"后来，你在雨天里没事可干时的样子，让我懂得这种'饿'是什么。可是我明白了，他们都不明白。他们不懂什么是无聊，什么是痛苦。对海民来说，一天不过是一个浪头罢了，第二天是又一个浪头。不管是高兴还是难过，大海统统会冲个一干二净。我妹妹死了，第二天我就忘了，我照样是快乐的。但是如果你死了，或者小男孩死了，我会心碎的。

"遇到暴风雨，不管多大的暴风雨，海民都无所谓，只要朝大海深处游去就会风平浪静。海的下面永远都是宁静

的。在大海里，就连死亡也没有什么稀奇。如果有海民死掉，我们会说：'游远点儿吧。'不管是什么，都留不住我们。

"可是在陆地上不是这样的。暴风雨是真实存在的。当红叶飘落、枝条光秃秃的时候，那是冬天来了。一切都在变化，一直都在不停地变化。我在这里能往哪里游呢？我离不开，也忘不掉。是陆地更好！陆地更好啊！"

猎人轻轻抚摸着美人鱼的肩膀，声音严肃而又充满感恩："你觉得在陆地上更好，我很高兴。"现在，猎人知道了一件以前不曾知道的事：原来美人鱼也会哭。

美人鱼的眼泪也好，猎人更了解她也罢，他们身下的这片草地不会因此发生任何变化，依旧温软碧绿、鲜花芬芳，依旧通往阳光明媚的沙滩，蔓延至绿树成荫的森林。猎人和美人鱼坐在草地上遥望前方，只见绿色的波涛泛着白浪，在白色海滩上画出一道海岸线。再往远处眺望，大海由绿转蓝，最终与遥远的蓝色岛屿融为一体。海豹岩上出现了小海豹。海浪上方的小灰点是一只很大的黑白相间的鱼鹰，正在等待美味的鱼儿。鱼不上来，鱼鹰就在半空中悬停。所有美景都在猎人和美人鱼的眼前铺展开来，仿

佛专门为他们生成。再遥远处,一切都越变越小,一切都以自己的方式,使整个世界更为丰富。

"我来抱你吧。"猎人说着抱起了美人鱼。他们走上了回家的路。到了家门口,猎人才把美人鱼放下。他们再次回头看了一眼身后的风景,然后开门进屋。

"你们怎么去了那么长时间?"小男孩问。

"看看我给你带的贝壳。"猎人说着把贝壳拿了出来。小男孩仔细打量着这些贝壳,发现其中有两个很不错,可以保存。他把新贝壳与自己收藏的贝壳放在一起,挨个细细观察了一遍,然后对美人鱼说:"这些贝壳都不错,你给我的那个最大——你从海底带回来的那个,是最好的。"

"没错,它也是最红的。"美人鱼回答道,"海底到处都是湿淋淋的,周围全是暗紫色,而陆地上……"美人鱼微笑着看向猎人,"陆地上是红色的,像红叶,像炭火。"

小男孩问:"我可以起床了吗?"

"再等一会儿。"美人鱼说,"我们不在家时,你就一直待在床上,真乖。我给你讲个故事吧。"

小男孩开心地笑了。他最喜欢听美人鱼讲故事了。美人鱼坐到小男孩的床边，小男孩挪过来，靠在了美人鱼的身上。

"从前，从前，有个美人鱼……"美人鱼开始讲了。

"像你一样？"

"不，不像我，是一个小美人鱼。她年龄很小，身体也小，可以从船上那个圆圆的小窗户自由进出。记得我给你看过的那个圆圆的小窗户吗？海豹岩那边，礁石上那艘船的小窗户。"

"我们找到马灯的那艘船？"

"对，我们找到马灯的那艘船。一天晚上，下起了暴风雨，第二天又下了一整天，直到晚上都没有停。暴风雨不停地下，美人鱼和伙伴们没有在岩石附近的海岸嬉戏、游泳，他们也没有去寻找宝贝，而是游向了大海的深处——他们可以在海浪底下尽情地漂游。即使海面狂风大作，大海的深处还是和往常一样平静。他们冲上浪尖的时候，海浪并不伤害他们，而是把他们抛上去，等他们落下来再抛上去，就像我把你抛着玩一样——我把你放到最粗的枝条上，大风吹来的时候，枝条高高地荡起，然后低低地落下。

"后来，暴风雨终于停了，海民游回海岸边。湛蓝的大海闪着光，空气很是清新。天空和大海一样湛蓝。一个浪头打来，浪花'哗啦'一声在他们身上破碎，溅起泡沫，那些泡沫高过他们的头顶，白得就像夜晚飘落的雪花——夜晚下的雪，早上你走到窗前一看，雪地上还没有一丝痕迹。周围的一切全都入睡了，只有雪花不睡觉。"

这时，小山猫醒了。他打着呵欠，伸伸懒腰，先把前腿伸出去，再把后腿伸出去。他的毛大都在冬季褪掉了，他的后腿看上去比前腿粗壮很多，相对于身体的其他部分，他的爪子好像大了两倍。他小跑到屋门那里，"喵喵"直叫。猎人把他放了出去。

小山猫正在穿过草地。猎人站在门外，一边聆听美人鱼的故事，一边朝外看……

他不知道自己在看什么。他学着小山猫伸伸"前腿"——他伸出两条手臂，收紧肌肉，虽然前面空无一物，他的手臂仍然尽力地伸向远方。小山猫越跑越远，身影越来越小。小熊崽走到门外，在猎人身边坐了下来。

猎人听到美人鱼讲完故事，小男孩谢过她后，热切地说："故事真好听。海民是最好的。大海非常……"

"你不能这样下床。"美人鱼说，"得穿戴整齐，你就会暖和一些，感觉好一些，我们才可以到外面和爸爸一起坐坐。"

他们来到了屋外，小男孩已戴上那顶羽毛帽子。那一头的羽毛，与天空的蓝色很相配。小男孩走过去拍了拍小熊崽，转而问猎人："小山猫去哪里了？"

"就在那边。"猎人回答，同时伸手一指。小男孩朝远处望去。他的目光顺着沙滩看向小河，视野里出现了小山猫小小的身影。看到小山猫后，小男孩笑了："他就是在那里发现我的！"

"噢，我们告诉过你。"猎人说。他们的游戏又要开始了。"那天，你的妈妈和我一进家，就看到你在那个角落里睡熟了。"

"对啊，和小熊崽一起睡得香。"男孩说着，推了小熊崽一把。

"噢，不对，"美人鱼说，"那时候还没有小熊崽，我们一直都和你在一起。"